Le Roi Arthur

FichesdeLecture.com

I. INTRODUCTION

L'auteur

L'œuvre

II. RÉSUMÉ DU ROMAN

III. PRÉSENTATION DES PERSONNAGES

Le garçon

Arthur Pendragon

Bercelet

Merlin

Nemue, Dame du Lac

Guenièvre

Egbert

Kay

Uther Pendragon et Dame Ygraine

Léodagan

Pellinor

Gryflet

Lancelot

Gauvain

Bohort

Bédivère

Galahad

Perceval

Balyn et Balan

Acalon et Uriens

Agravain

La Fée Morgane

Le roi Lot

Rience de Galles

Mordret

Tristan

Iseut

Le roi Marc

Marhault

La reine d'Irlande

L'intendant de la reine d'Irlande

Iseut d'Arundel

L'Homme-Dragon

Le Roi Arthur
(Fiche de lecture)

I. INTRODUCTION

L'auteur

Michael Morpurgo est un auteur anglais né en 1943, surtout connu pour ses romans pour la jeunesse, comme *Le Royaume de Kensuké* ou *Cheval de Guerre* (adapté en film par Steven Spielberg en 2011). Il est nommé Children's Laureate (prix qui récompense les auteurs pour enfants) de 2003 à 2005.

L'œuvre

Le roi Arthur est une adaptation des mythes des Chevaliers de la Table Ronde, racontée du point de vue d'Arthur Pendragon à un jeune garçon de notre époque. Le roman explore les origines du roi légendaire, jusqu'à la chute du Royaume de Logres, en passant par les aventures des plus célèbres chevaliers et leurs relations avec Arthur.

II. RÉSUMÉ DU ROMAN

Un jeune garçon part de sa maison de Bryher (Îles Scilly, au large de l'Angleterre), avec l'intention de revenir avant la nuit ; il est surpris par la marée et recueilli par un vieil homme qui se révèle être Arthur Pendragon, toujours vivant plus de mille ans après son règne, qui l'amène chez lui, et lui raconte son histoire.

Arthur est élevé par le seigneur Egbert et sa femme, avec son frère Kay, qui le malmène. Lorsqu'il a douze ans, la mère d'Arthur meurt, et son père lui révèle qu'il n'est pas vraiment son père : il leur a été confié, encore bébé, par Merlin. Arthur fugue et se retrouve dans la forêt, où il rencontre un vieux mendiant et son chien Bercelet. Le mendiant lui explique la situation politique de la Bretagne, envahie par les Saxons et les Irlandais, et dont les rois sont divisés. Le mendiant lui laisse son bâton, et Arthur décide de retourner chez lui, pour se réconcilier avec son père. Arthur s'entraîne à combattre et, lorsqu'il a quinze ans, l'archevêque de Bretagne convoque tous les chevaliers du pays à Londres, pour décider de qui sera le roi de Bretagne, et combattra les Saxons ; Egbert s'y rend avec Kay et Arthur. Un tournoi est organisé, pendant lequel Arhur sert d'écuyer à Kay ; il oublie son épée, et doit retourner la chercher. En chemin, il passe devant l'Abbaye, il remarque une épée enfoncée dans une pierre, sous un arbre, depuis lequel un rouge-gorge l'observe. Il retire l'épée sans effort, et l'amène à Kay. Après le tournoi, Egbert réalise la vraie nature de l'épée ; il retourne à l'Abbaye avec Arthur, et lui fait retirer l'épée une deuxième fois, devant tous les autres chevaliers, avant de lui expliquer que celui qui retirera l'épée de la pierre sera le roi légitime de Bretagne. Merlin arrive, et annonce qu'Arthur est le fils d'Uther Pendragon et Ygraine, et donc l'héritier du roi, destiné à sauver la Bretagne. Merlin devient le précepteur d'Arthur, et lui enseigne les rudiments du rôle de roi ; Kay présente ses excuses à Arthur pour des années d'abus, et Arhur le nomme intendant. Arthur est couronné.

Merlin indique à Arthur qu'il a beaucoup d'ennemis : les Saxons, mais aussi sa demi-soeur, la fée Morgane. Arthur part en campagne contre les Saxons, ralliant de plus en plus de soldats et de chevaliers à sa cause, repoussant également les Pictes et les Irlandais, avant d'établir sa cour à Camelot. Il doit repartir pour défendre la ville de Bedegraine, attaquée par le roi Lot et le roi Nantes, qui fuient lorsque l'armée d'Arthur arrive. Alors qu'il fête sa victoire, Arthur apprend que le roi Léodagan de Carmélide, son allié, est attaqué par Rience, roi de Galles ; Arthur lui envoie un ultimatum avant de l'attaquer, et Rience est tué dans la bataille qui suit. En Carmélide, Arthur rencontre Guenièvre, dont il tombe amoureux, et qu'il se promet d'épouser. Quelques semaines plus tard, à Carleon, Arthur reçoit une étrangère (sa demi-soeur Margawse, envoyée par la fée Morgane), avec qui il passe la nuit. Dans les semaines qui suivent, il regrette d'avoir rompu son vœu concernant Guenièvre ; un jour, l'écuyer Gryflet arrive à Carleon, avec le corps de son maître, tué par le Roi Pellinor. Arthur accepte d'adouber le jeune homme, et l'envoie venger son maître ; il revient gravement blessé, et Arthur va lui-même combattre Pellinor. Ils joutent, et Arthur est vaincu ; alors que Pellinor va l'achever, cependant, Merlin intervient, et révèle l'identité d'Arthur. Pellinor l'épargne, réalisant son erreur, et devient un chevalier d'Arthur. Merlin emmène Arthur dans la forêt, jusqu'à un Lac, duquel sortent une main tenant Excalibur, et la Dame du Lac, Nemue. Arthur récupère Excalibur, et Nemue lui donne un fourreau magique, qui le protégera des blessures mortelles. Arthur rentre à Camelot, mais doit repartir en guerre une fois de plus contre Lot et Nantes ; Pellinor propose d'aller les combattre lui-même, et les tue, mettant leur armée en déroute. Le soir de la victoire, Merlin demande à Arthur de lui rendre son bâton, qu'il plante dans le sol, d'où sortent un arbre et plusieurs glands, que Merlin lui confie.

Guenièvre arrive à Camelot pour épouser Arthur ; dans la semaine qui précède leur mariage, ils apprennent à se connaître et partagent tous leurs secrets (sauf celui de la « trahison » d'Arthur à Carleon). Les demi soeurs d'Arthur arrivent également, accompagnées d'un enfant nommé Mordret, soi-disant pour faire la paix avec Arthur ; Merlin lui conseille de rester sur ses gardes, et lui révèle que Mordret est son fils, issu de sa nuit passée avec l'étrangère à Carleon, qui était en fait sa demi-soeur Margawse, envoyée par Morgane. Léodagan offre la Table Ronde à Arthur en cadeau de mariage : c'est une table immense, fabriquée par Merlin pour Uther Pendragon, et dont les sièges portent chacun le nom d'un chevalier, même ceux de chevaliers qu'Arthur ne connaît par encore, comme Lancelot et Perceval ; il y a aussi un siège appelé le Siège Périlleux, réservé au Chevalier du Graal. Pendant les festivités, Dame Nemue arrive à Camelot, et Merlin part avec elle, laissant Bercelet à Arthur, annonçant à tous ceux présents qu'Arthur sera maintenant leur guide. Arthur va visiter Mordret dans sa chambre, et promet à Margawse de l'accueillir à Camelot, mais lui dit qu'il ne le considérera que comme son neveu, et non comme son fils. Plus tard, Arthur part à la chasse avec Acalon et Uriens, le mari de Morgane. Ils sont emportés en bateau par des femmes qui les servent et les nourrissent, et ils s'endorment ; à son réveil, Arthur est désarmé, et dans une geôle avec d'autres prisonniers, qui lui expliquent qu'il va combattre pour le seigneur Damas contre le champion du seigneur Ontzlake, frère de Damas. Arthur gagne le combat avec l'aide de Dame Nemue, et l'autre champion se révèle être Acalon, qui ne l'avait pas reconnu, et à qui Morgane avait donné Excalibur. Libre, Arthur condamne Damas et s'évanouit, rêvant de Morgane lui volant son fourreau : à son réveil, le fourreau a disparu. Accompagné d'Ontzlake, il poursuit Morgane dans la forêt, en vain. De retour à Camelot, il apprend que Margawse est partie en laissant Mordret.

Le temps passe à Camelot. Un jour, quatre hommes arrivent, transportant un chevalier blessé sur une civière : il a un morceau d'épée rouillée enfoncé dans la jambe, et supplie Arthur de trouver le chevalier le plus brave de la cour, le seul qui pourra le soigner. Tous les chevaliers de Camelot essayent de retirer le morceau d'épée, sans succès. Après plusieurs jours, Dame Nemue arrive à Camelot accompagnée du jeune Lancelot, qu'elle appelle le plus brave des chevaliers ; Arthur l'adoube, et il soigne le chevalier blessé. Un tournoi est organisé pour tester la prouesse de Lancelot et de ses frères, qui l'ont rejoint : Lancelot bat tous les autres chevaliers sans effort, y compris Arthur. Dans les mois qui suivent, Arthur, Lancelot et Guenièvre passent presque tout leur temps ensemble, Arthur remarquant une affection grandissante entre Lancelot et Guenièvre ; Lancelot quitte Camelot soudainement, sans explications, et disparaît pendant plusieurs années. Arthur envoie des hommes à sa recherche, et Guenièvre dépérit ; Bohort revient un jour avec Lancelot, qui raconte ses aventures : il a tué le dragon qui terrorisait le château du Roi Pelles, Corbenic, et le roi lui a montré le Graal, lui révélant qu'un seul chevalier serait capable de le toucher, sans dire lequel. Lancelot avoue à Arthur son amour pour Guenièvre, mais lui raconte aussi comment il a vécu une romance avec la fille du Roi Pelles, Elaine ; il a quitté Corbenic soudainement, avant d'y retourner plusieurs années après, pour découvrir qu'Elaine avait eu son enfant, Galahad. Fuyant une nouvelle fois, il est découvert par Bohort dans une grotte, ce dernier le ramenant à Camelot ; Arthur lui pardonne son amour pour Guenièvre, et lui permet de rester. Le jeune Galahad arrive sur un bateau avec le corps de sa mère, et Lancelot l'adopte. Elaine est enterrée, et les années passent, Mordret devenant de plus en plus déplaisant vis-à-vis de Galahad.

Arthur Pendragon interrompt son récit, et propose au garçon de choisir quelles histoires il veut entendre, en désignant les sièges des chevaliers ; le garçon choisit Gauvain, Tristan, et Perceval.

Lors du Nouvel An, un Chevalier Vert arrive à Camelot, défiant tous les chevaliers : il se laissera porter un seul coup avec sa propre hache, s'il peut rendre le coup un an et un jour plus tard. Gauvain relève le défi, et décapite le Chevalier, mais ce dernier ramasse simplement sa tête et s'en va, invitant Gauvain à venir le trouver à la Chapelle Verte à la date convenue. L'année passe, et Gauvain part pour la Chapelle Verte, arrivant au château du seigneur Bernlak, qui propose de l'héberger jusqu'à la date de son combat avec le Chevalier Vert. Bernlak propose aussi un jeu à Gauvain : chaque jour, il lui ramènera ce qu'il aura chassé, et Gauvain lui donnera ce qu'il aura trouvé au château : le premier jour, la femme du seigneur vient visiter Gauvain, et l'embrasse, mais il résiste à la tentation d'aller plus loin : au soir, le seigneur lui amène un cerf, et Gauvain l'embrasse. Le deuxième jour, la femme du seigneur embrasse Gauvain deux fois, le seigneur lui ramène un sanglier, et Gauvain l'embrasse deux fois. Le troisième jour, cependant, la femme du seigneur embrasse Gauvain trois fois, et lui donne une ceinture qui, selon elle, le protégera des attaques du Chevalier Vert, et l'embrasse trois fois ; le soir, Gauvain embrasse Bernlak trois fois, mais garde la ceinture. Le lendemain, Gauvain se rend à la Chapelle Verte, où le Chevalier Vert l'attend. Gauvain s'agenouille, et le Chevalier Vert lui porte un coup très léger sur la nuque, qui laissera une cicatrice ; Gauvain, considérant que le Chevalier a eu son « seul coup », demande un vrai combat, mais le Chevalier Vert se transforme, et se révèle être Bernlak. Il explique à Gauvain qu'il a été chargé par Dame Nemue de tester la pureté des chevaliers de la Table Ronde, et que le léger coup qu'il lui a porté était une punition pour la ceinture que Gauvain a gardée, un « petit péché » ; il y a, selon lui, au moins un noble chevalier à la cour d'Arthur.

Un barde arrive à Camelot et raconte l'histoire de Tristan et Iseut. Tristan est le fils du Roi Rivalin, cousin de Marc, roi de Cornouailles ; il a aidé ce dernier à combattre les Irlandais, et a en retour épousé la sœur de Marc, qui est morte en mettant Tristan au monde. Rivalin envoie son fils loin de lui, et Tristan est élevé par Gorneval, sachant seulement que son oncle est le Roi Marc. Il se rend chez Marc, qui l'accueille chaleureusement. Les années passent, et la domination des Irlandais devient de plus en plus insupportable : Marhault, le fils de la reine d'Irlande, propose un combat de champions pour décider du sort de la Cornouailles, et Tristan se porte volontaire pour combattre. Il bat Marhault, qui s'enfuit avec un morceau d'épée enfoncé dans le crâne ; malgré les soins de sa soeur Iseut, il meurt, et elle retire le morceau d'épée, se jurant de tuer le meurtrier de son frère. Marc décide qu'il est temps de faire la paix avec l'Irlande, et envoie Tristan à Dublin demander la main d'Iseut en son nom ; arrivé en Irlande, Tristan tue l'Homme-dragon qui terrorisait le pays, mais s'évanouit sans pouvoir proclamer sa victoire, après avoir coupé la langue du monstre, et c'est l'intendant de la reine d'Irlande qui récupère la tête de l'Homme-dragon, obtenant ainsi la main d'Iseut. Celle-ci, désespérée, se rend à la tour de l'Homme-dragon, et y trouve Tristan, qu'elle soigne ; Tristan, arrivé à la cour de Dublin explique sa mission à la reine, et présente la langue de l'Homme-dragon à la cour, prouvant qu'il l'a tué. L'intendant le défie en duel et Iseut, inquiète, décide de préparer ses armes, découvrant qu'il manque un morceau à son épée ; elle déduit que c'est Tristant qui a tué son frère Marhault, et demande à ce que Tristan soit exécuté, mais la reine décide que Tristan sera libre s'il bat l'intendant. Une fois le combat gagné, Tristan retourne en Cornouailles avec Iseut, qui est tombée amoureuse de lui. Iseut épouse Marc, mais ce dernier remarque que Tristan et Iseut disparaissent souvent ensemble : il les surprend ensemble, et il exile Tristan. Arthur devine que le barde qui leur a raconté l'histoire est Tristan lui-même, et il l'accueille à Camelot, le faisant Chevalier de la Table Ronde. Parti un jour à l'aventure, Tristan rencontre et épouse une autre Iseut, sans parvenir à oublier la première ; un jour, il est gravement blessé pendant la chasse, et envoie Gorneval chez le roi Marc, pour chercher Iseut, convenant d'un code avec son ami : si Iseut est avec lui, Gorneval doit hisser des voiles blanches, sinon, des voiles noires. La femme de Tristan, cependant, lui annonce qu'elle voit des voiles noires lorsque Gorneval revient, et Tristan meurt sous le choc ; voyant son amant mort, Iseut meurt elle aussi. Ayant remarqué la disparition de sa femme, Marc arrive chez Tristan, et fait enterrer les deux amants chez lui, à Tintagel.

Perceval arrive à Camelot après une enfance passée dans la forêt, où sa mère l'a élevé après la mort de son père, Pellinor, tué par Agravain, fils du roi Lot. Alors qu'il vient se faire adouber, pour pouvoir venger son père, un Chevalier Doré arrive à la cour, insultant Arthur et lui volant un gobelet : Perceval se porte volontaire pour récupérer le gobelet, et part avec seulement une lance ; Arthur le suit, et voit qu'il a tué le Chevalier Doré. Arthur adoube Perceval, qui pardonne à Agravain lorsqu'ils reviennent à Camelot. Pendant les réjouissances qui suivent, Arhur remarque l'absence de Lancelot et Guenièvre, et Arthur emmène Lancelot chasser le lendemain, pour qu'ils s'expliquent ; Lancelot jure de ne plus fréquenter Guenièvre, et Arthur lui pardonne, mais ne le considère plus comme un ami. Dame Nemue à Camelot arrive pour annoncer qu'il est temps pour un chevalier de s'asseoir sur le Siège Périlleux : Galahad, confiant, va s'asseoir sur le siège, et annonce qu'il est le Chevalier du Graal. Le Saint-Graal apparaît, vient se poser sur la Table, puis disparaît. Galahad demande à partir pour chercher le Graal, et Arthur, voyant une occasion de se débarrasser de Lancelot, lui ordonne de l'accompagner ; presque tous les chevaliers demandent à partir également, et Arthur réalise qu'il vient de détruire son royaume, par jalousie. Dans les mois qui suivent, plusieurs chevaliers reviennent, dont Perceval, qui raconte comment lui, Bohort, Lancelot et Galahad ont trouvé le Graal au château du Roi Pelles ; Galahad a bu dans le Graal, et son âme a quitté son corps. Perceval a épousé Blanchefleur, fille du Roi Pelles, et Lancelot est parti. Percival quitte à nouveau Camelot pour devenir seigneur de Corbenic, et Bohort revient à Camelot, apprenant à Arthur que Lancelot est toujours vivant.

Les chevaliers reviennent un par un de la Quête du Graal, mais Lancelot reste introuvable, ce qui désespère Guenièvre ; Arthur envoie ses hommes à la recherche de Lancelot, mais sans succès, et Guenièvre se remet. Elle sort tous les jours en forêt, sans escorte ; un jour, Mordret et Agravain viennent voir Arthur, lui révélant que Guenièvre va en fait voir Lancelot tous les jours, et Arthur envoie Mordret arrêter Lancelot, pour qu'il soit jugé. Mordret échoue, mais conseille à Arthur de juger Guenièvre pour son infidélité, c'est-à-dire de l'exécuter. Le jour de l'exécution, Lancelot et ses frères arrivent pour secourir Guenièvre, tuant plusieurs chevaliers au passage, dont les frères de Gauvain. Arthur décide d'attendre le lendemain pour se lancer à la poursuite de Lancelot, et plusieurs chevaliers, dont Bohort et Gryflet, le désertent pendant la nuit pour aller rejoindre Lancelot. Arthur assiège le château de Lancelot, au pays de Galles ; pendant la bataille qui suit, Lancelot se rend, et promet de s'exiler à Benwick. Arthur rentre à Camelot avec Guenièvre, mais repart, sur les conseils de Mordret, lorsqu'il se rend compte que de plus en plus de chevaliers quittent Camelot, probablement pour rejoindre Lancelot ; Mordret reste à Camelot. Arthur assiège Benwick, et Gauvain défie Lancelot pour venger ses frères ; Lancelot le bat, mais le laisse en vie. Arthur reçoit un message de Guenièvre : Mordret a pris le pouvoir à Camelot, et assiège Londres, où Guenièvre s'est réfugiée avec Kay. Arthur retourne en Bretagne et gagne une bataille contre Mordret, pendant laquelle Gauvain meurt. Arthur repousse Mordret à travers le royaume, et, une nuit, est visité par le fantôme de Gauvain, qui lui dit d'attendre les renforts de Lancelot avant d'attaquer le lendemain. Arthur est forcé d'attaquer, et parvient à vaincre Mordret personnellement, mais l'épargne ; Mordret le frappe dans le dos, et est tué par Bercelet ; avant de s'évanouir, Arthur ordonne à Bédivère de jeter Excalibur dans le lac proche. À son réveil, Arthur est amené à Lyonesse par Dame Nemue.

Arthur Pendragon a terminé son récit. Il raccompagne le garçon à l'extérieur, lui confiant un des glands que Merlin lui avait donné dans sa jeunesse. De retour chez lui, le garçon plante le gland dans son jardin, et, au matin, voit un rouge-gorge sur le rebord de sa fenêtre.

III. PRÉSENTATION DES PERSONNAGES

Le garçon

Un jeune garçon de notre époque, qui rencontre Arthur Pendragon. Il représente le lecteur dans le roman, et fait le lien entre le présent et l'histoire d'Arthur, qui date d'il y a près de 1400 ans. Il est cependant plus qu'un simple auditeur, puisqu'Arthur le laisse plus tard choisir quelles histoires il veut entendre, et lui confie les glands magiques de Merlin, faisant donc de lui un successeur spirituel.

Arthur Pendragon

Le fils d'Uther Pendragon et Dame Ygraine, Arthur est le roi légitime de Bretagne. À la mort d'Uther, Merlin a emporté le jeune Arthur et l'a confié au seigneur Egbert, qui l'a élevé jusqu'à son couronnement. La vie d'Arthur est fortement influencée par les diverses prophéties de Merlin et Nemue : suivant les préceptes de Merlin, il règne avec justesse. Une fois Merlin parti, il devient de plus en plus jaloux de Lancelot, et ses mauvaises décisions, comme celle d'envoyer Lancelot à la recherche du Graal, finissent par détruire son royaume, malgré la présence à la cour de chevaliers comme Gauvain, Perceval et Galahad. Après sa défaite et une blessure grave infligée par Mordret, il est emmené par Dame Nemue à Lyonesse, où il demeure jusqu'à l'arrivée du garçon.

Bercelet

Le chien de Merlin, qui devient le compagnon d'Arthur, et est encore avec lui lorsque ce dernier raconte son histoire au garçon. Merlin peut « voir à travers ses yeux », et Arthur le considère donc comme un substitut de Merlin après le départ de celui-ci.

Merlin

Un magicien/druide, ancien serviteur d'Uther Pendragon ; c'est lui qui a construit la Table Ronde. Il devient le précepteur d'Arthur lorsque celui-ci devient roi, et le quitte quand il considère qu'Arthur peut guider ses chevaliers seul. Son amour pour Dame Nemue est une de ses grandes motivations.

Nemue, Dame du Lac

Une fée, qui aide et conseille Arthur tout au long de sa vie, lui donnant Excalibur, et le lançant sur la piste du Saint-Graal. C'est elle qui amène Arthur à Lyonesse lors de la chute du Royaume de Logres, et qui emmène Merlin à Avalon à la fin de sa vie. Le seigneur Bernlak, Chevalier du Lac, est un de ses serviteurs.

Guenièvre

La fille de Léodagan, épouse d'Arthur, et amante de Lancelot. Elle fait l'objet de promesses de chasteté qu'Arthur et Lancelot rompent tous les deux, l'un avec Margawse et l'autre avec Elaine de Corbenic. Après son mariage avec Arthur, Guenièvre est heureuse, s'occupant de Mordret malgré son caractère de plus en plus odieux, jusqu'à l'arrivée de Lancelot à la cour. Leur histoire d'amour provoque la colère d'Arthur, et précipite la chute du Royaume. Elle meurt dans un couvent après la disparition d'Arthur, sans jamais revoir Lancelot.

Egbert

Le père adoptif d'Arthur. C'est lui qui emmène Arthur à Londres, et le fait retirer l'épée de la pierre devant tous les chevaliers assemblés par l'évêque de Londres. Sa femme, avant de mourir, était très protectrice visà-vis d'Arthur.

Kay

Le frère adoptif d'Arthur, qui le maltraite durant son enfance, le traitant parfois comme un serviteur ; il demande pardon à Arthur lorsque celui-ci devient roi, et est nommé intendant.

Uther Pendragon et Dame Ygraine

Les parents biologiques d'Arthur Pendragon. Uther, ancien roi de Bretagne, est mort empoisonné. Dame Ygraine, en plus d'Arthur, a mis au monde trois filles, issues de son union avec Gorlois : Margawse, Morgane et Elaine.

Léodagan

Un chevalier d'Arthur, père de Guenièvre, et ancien allié d'Uther Pendragon. Il offre à Arthur la Table Ronde, en cadeau de mariage.

Pellinor

Le roi Pellinor vit près de Carleon, attaquant tous ceux qui traversent son territoire. Il bat Arthur en combat singulier, mais l'épargne lorsque Merlin arrive. Il devient un chevalier d'Arthur, et tue les rois Lot et Nantes, mettant leurs armées en déroute. Il est plus tard tué par Agravain, le fils de Lot. Il est le père de Perceval.

Gryflet

Tout d'abord écuyer d'un seigneur tué par Pellinor, il est adoubé par Arthur et part pour venger son maître, mais échoue. Pellinor et lui deviennent plus tard amis, et Gryflet devient Chevalier de la Table Ronde, mais déserte Arthur pour rejoindre Lancelot pendant la guerre civile qui l'oppose à Arthur.

Lancelot

Longtemps considéré par Arthur comme le plus grand des Chevaliers de Camelot (jusqu'à l'arrivée de son fils Galahad). Son amour pour Guenièvre (contre lequel il résiste pendant plusieurs années) le pousse à trahir Arthur, jusqu'à sa défaite. En empêchant l'exécution de Guenièvre, il tue sans le savoir les frères de Gauvain.

Gauvain

Un des Chevaliers de la Table Ronde les plus fidèles, il reste avec Arthur presque jusqu'à la fin de sa guerre contre Mordret, lui offrant même conseil après sa mort, apparaissant sous forme de fantôme. Le seigneur Bernlak le considère comme un des plus nobles chevaliers d'Arthur après son aventure avec le Chevalier Vert. Il tue les deux frères de Lancelot pour venger la mort des siens, Gareth et Gaheris.

Bohort

Longtemps un chevalier d'Arthur, Bohort est présent lorsque Galahad trouve le Graal. Il déserte Arthur pour rejoindre Lancelot pendant leur guerre civile, et tue presque Arthur en combat singulier.

Bédivère

Un chevalier d'Arthur, qui est avec lui pendant sa dernière bataille contre Mordret. Arthur lui ordonne de jeter Excalibur dans un lac proche, ce qu'il fait après beaucoup d'hésitation.

Galahad

Le fils de Lancelot et Elaine de Corbenic, fille du roi Pelles. Après la mort de sa mère, il rejoint Lancelot à Camelot. En grandissant, il est malmené par Mordret, mais devient le chevalier le plus fort de Camelot ; adulte, il se lance à la recherche du Graal, le trouvant finalement à Corbenic. Il meurt après avoir bu dans le Graal.

Perceval

Le fils du roi Pellinor, élevé dans la forêt, loin du monde de la chevalerie, par sa mère. Il se rend à Camelot pour venger son père, et devient Chevalier de la Table Ronde. Il participe à la Quête du Graal, et est présent lorsque Galahad le trouve. Après la mort de Galahad, il épouse Blanchefleur, fille du roi Pelles.

Balyn et Balan

Deux chevaliers jumeaux, fidèles à Arthur.

Acalon et Uriens

Deux chevaliers qui accompagnent Arthur à la chasse après son mariage, et qui sont comme lui capturés par le roi Damas. Acalon devient champion du roi Ontzlake, après que Morgane lui ait donné Excalibur, mais il est battu par Arthur.

Agravain

Le fils du roi Lot, qui a tué Pellinor pour venger son père, avant de devenir un chevalier d'Arthur. Perceval veut d'abord le tuer, mais lui pardonne une fois devenu chevalier. Il devient plus tard un fidèle de Mordred.

La Fée Morgane

Demi-soeur d'Arthur, qui s'est jurée de détruire son royaume. C'est elle qui envoie Margawse à Carleon pour qu'elle passe la nuit avec Arthur, provoquant la naissance de Mordret. Elle fomente plusieurs complots contre Arthur, donnant Excalibur à Acalon, et envoyant à Arthur un manteau enchanté qui l'aurait brûlé vif.

Le roi Lot

Un roi dissident, qui attaque Arthur après sa campagne contre les Saxons, aidé par le roi Nantes. Ils sont tous les deux tués par le roi Pellinor.

Rience de Galles

Un autre roi dissident, qui attaque notamment Léodagan. Il est tué dans la bataille qui s'ensuit.

Mordret

Le fils illégitime d'Arthur et sa demi-soeur Margawse. En grandissant, il a une influence de plus en plus néfaste sur Arthur, lui conseillant d'arrêter Lancelot et de faire exécuter Guenièvre lorsque leur relation est découverte, et de poursuivre Lancelot jusqu'à Benwick. Il prend contrôle de Camelot et, dans une dernière trahison, blesse Arthur mortellement, avant d'être lui-même tué par Bercelet.

Tristan

Un chevalier qui rejoint la cour d'Arthur après avoir été banni par le roi Marc, son oncle. Il est le fils du roi Rivalin, et serviteur de Marc jusqu'à sa rencontre avec Iseut, que Marc veut épouser. La romance secrète de Tristan et Iseut est racontée à Arthur et ses chevaliers par Tristan lui-même, plusieurs années après son exil. Devenu Chevalier de la Table Ronde, il part un jour de Camelot, et rencontre une autre Iseut, qu'il épouse ; blessé à la chasse, il meurt après avoir appelé Iseut, mais meurt avant qu'elle puisse arriver.

Iseut

La fille de la reine d'Irlande, et épouse du roi Marc. Elle tombe amoureuse de Tristan, bien que celui-ci ait tué son frère Marhault en duel, un acte pour lequel elle veut tout d'abord se venger. Après l'exil de Tristan, elle accepte de venir le rejoindre sur son lit de mort, mais arrive trop tard, et meurt sous le choc.

Le roi Marc

Roi de Cornouailles, Marc est l'oncle de Tristan, et le cousin de Rivalin, à qui il a marié sa soeur. Pour faire la paix avec l'Irlande, il demande à épouser la fille de la reine d'Irlande, Iseut, et envoie Tristan la chercher. Il découvre plus tard la relation entre Tristan et Iseut, et exile Tristan. Il suit Iseut lorsqu'elle rejoint Tristan et, les voyant tous les deux morts, les enterrent chez lui, à Tintagel.

Marhault

Le fils de la reine d'Irlande et frère d'Iseut. Il vient à Tintagel pour négocier avec le roi Marc, et propose un duel de champions pour décider du sort de la Cornouailles. Il est battu par Tristan, qui laisse un morceau d'épée enfoncé dans son crâne, et revient blessé en Irlande. Iseut ne parvient pas à le soigner, et il meurt.

La reine d'Irlande

Elle n'est pas nommée dans le roman. C'est elle qui envoie Marhault en Cornouailles, lorsque le roi Marc ne parvient à payer les taxes qu'il doit à l'Irlande. Elle accepte ensuite de marier Iseut à Marc pour assurer le pays entre leurs deux pays, et ne punit pas Tristan pour le meurtre de Marhault, puisque Marhault est mort pendant un duel honorable.

L'intendant de la reine d'Irlande

Amoureux d'Iseut, il prétend qu'il a tué l'Homme-Dragon pour obtenir sa main, en coupant la tête du monstre après que Tristan l'ait vécu. Lorsque sa tromperie est exposée, il défie Tristan en duel, et perd.

Iseut d'Arundel

Fille de Javolin d'Arundel. Tristan la rencontre pendant une aventure, et l'épouse, pour oublier Iseut d'Irlande. Elle devient jalouse lorsqu'elle se rend compte que Tristan ne l'aime pas, et son mensonge (elle prétend que les voiles du bateau de Gorneval sont noires, et non blanches) achève Tristan.

L'Homme-Dragon

Un monstre mi-homme, mi-dragon, que Tristan vainc en Irlande.

Damas et Ontzlake

Deux frères rois, en conflit. Damas a volé la part d'héritage d'Ontzlake, mais refuse de se battre honorablement, utilisant des champions qu'il garde prisonniers. Arthur combat pour lui contre Acalon, champion d'Ontzlake, et condamne Damas après avoir gagné. Ontzlake aide Arthur lorsque ce dernier essaye de récupérer son fourreau, volé par la Fée Morgane.

Le roi Pelles

Roi de Corbenic, qui accueille Lancelot et lui montre le Graal, après que celui-ci ait vécu le dragon qui terrorisait Corbenic.

Elaine, fille du roi Pelles

Amante de Lancelot et fille de Pelles. Elle donne naissance à Galahad, mais meurt lorsqu'il est encore jeune, et est enterrée à Camelot.

Le Chevalier Vert/le seigneur Bernlak

Bernlak est le Chevalier du Lac, un serviteur de Dame Nemue, qui lui donne le pouvoir de se transformer en Chevalier Vert, et c'est sous cette forme qu'il se rend à Camelot pour tester la bravoure des chevaliers d'Arthur.

Le Chevalier Doré

Un chevalier qui arrive à Camelot et insulte Arthur en lui dérobant un gobelet. Il est tué par Perceval, qui lui prend son armure et son cheval.

Blanchefleur

La seconde fille du roi Pelles, que Perceval rencontre à Corbenic, et épouse.

IV. AXES DE LECTURE

Le cycle arthurien adapté pour un public moderne

De nombreux auteurs ont participé à la création du cycle arthurien : parmi eux, Chrétien de Troyes, auteur français du XIIe siècle. Le cycle arthurien forme une partie importante de la « matière de Bretagne », c'est-à-dire l'ensemble des textes, écrits au Moyen-Âge, qui ont pour sujet les légendes de l'île de Bretagne (actuelle Grande-Bretagne). Le cycle arthurien en particulier se concentre sur le roi Arthur et les chevaliers de la Table Ronde : des romans comme *Yvain le chevalier au Lion*, ou *Lancelot ou le chevalier de la charrette* font ainsi partie du cycle arthurien, dont un des thèmes les plus importants est la Quête du Saint-Graal.

Dans *Le roi Arthur*, Michael Morpurgo condense une grande partie des romans du cycle arthurien, mais avec une différence décisive : en effet, dans les œuvres médiévales, le personnage du roi Arthur était un personnage secondaire, le souverain de Camelot, et sa fonction était d'envoyer des chevaliers à l'aventure, ou de les accueillir à Camelot. Dans *le roi Arthur*, le lecteur suit le point de vue d'Arthur Pendragon, y compris lorsque ce dernier rapporte les aventures d'autres personnages ; en outre, Arthur raconte ses propres fautes, et considère qu'il est responsable de la chute du royaume de Logres. Ainsi, plutôt qu'une figure d'autorité suprême, une référence pour les chevaliers, Arthur Pendragon apparaît ici comme un personnage pleinement humain, même s'il est exceptionnel : il pèche par orgueil et jalousie, et le lecteur a tendance à s'identifier plutôt à lui qu'à ses chevaliers.

Cette condensation du cycle arthurien est particulièrement évidente dans les chapitres sept à neuf, dans lesquels Arthur raconte, successivement, l'aventure de Gauvain avec le Chevalier Vert (à l'origine *Sire Gauvain et le Chevalier Vert*, publié au XIVe siècle), l'histoire de Tristan et Iseut (diverses œuvres inspirées de la tradition orale bretonne), et celle de Perceval (*Perceval ou le Conte du Graal*, roman inachevé de Chrétien de Troyes). Ces chapitres suggèrent l'étendue du cycle arthurien, tout en renouant avec la tradition du roi Arthur comme observateur, et non acteur, des aventures des Chevaliers de la Table Ronde.

Le roi Arthur est donc une version abrégée du cycle arthurien, qui n'utilisent que les personnages qui lui sont nécessaires (Yvain et Méléagant, par exemple, sont absents), n'abordant la Quête du Graal que le temps d'un chapitre, et gardant tout le long de l'œuvre le point de vue d'Arthur Pendragon qui, dans les romans moyenâgeux, avait le plus souvent une place secondaire.

La romance et la prophétie : moteurs de l'intrigue

Dans le roman, les actions du roi Arthur et de ses chevaliers sont fortement influencées par la passion amoureuse et les prophéties de Merlin et Nemue. En effet, Arthur est roi parce qu'il est l'héritier d'Uther Pendragon, mais aussi parce qu'il a été « choisi par Dieu », puisqu'il est le seul homme qui ait réussi à retirer l'épée de la pierre (chapitre 2). Cependant, il agit parfois en contradiction avec les conseils de Merlin, qui connaît le futur : il tombe amoureux de Guenièvre et l'épouse, alors même que Merlin lui prédit la chute de son royaume s'il l'épouse. De la même façon, c'est l'histoire d'amour entre Guenièvre et Lancelot qui, provoquant la jalousie d'Arthur, précipite la chute du royaume de Logres en divisant les chevaliers de la Table Ronde. C'est aussi la nuit d'amour qu'Arthur passe avec Margawse qui provoque sa perte, puisqu'elle engendre Mordret : dès l'arrivée de Mordret en Carmélide, Merlin prédit à Arthur que l'enfant sera une « arme » de Morgane, une prophétie qui sera vérifiée lorsque Mordret mènera un coup d'État contre Arthur.La Table Ronde est aussi une sorte de prophétie physique, puisque ses sièges portent le nom de chevaliers qui n'ont pas encore rejoint Arthur, et, dans certains cas (Perceval, Galahad), ne sont même pas encore nés lorsque Léodagan l'offre à Arthur, le jour de son mariage ; il faut par ailleurs noter que c'est Merlin qui a construit la Table

Ronde pour Uther Pendragon, et donc bien avant les évènements du roman. Le Siège Périlleux, en particulier, est réservé au « Chevalier du Graal », qui se révèle être Galahad, par pure prédestination, puisqu'il est lui-même le fils du chevalier longtemps considéré comme le plus pur de Camelot, Lancelot, dont la seule véritable « erreur » a été de tomber amoureux de Guenièvre. Cette liaison entre Lancelot et Guenièvre est un des éléments les plus importants de l'intrigue du *roi Arthur*, puisque la défection de Lancelot entraîne une guerre civile qui, fragilisant le royaume, permet à Mordret de saisir le pouvoir, provoquant la chute de Camelot, et la « mort » d'Arthur.

Il faut enfin considérer le cas particulier de Tristan et Iseut : d'une façon qui reflète l'histoire d'amour entre Lancelot et Guenièvre, la passion irrésistible entre Tristan et Iseut est une trahison de leur souverain, le roi Marc. Cette trahison est la source de tous leurs maux : l'exil de Tristan et sa tentative d'oublier Iseut avec une autre femme, également nommée Iseut, et la mort des deux amants sans qu'ils aient pu se dire au revoir (un résultat de la jalousie d'Iseut, la femme de Tristan).

L'amour et les prophéties ont donc une influence considérable sur le développement de l'intrigue, puisque c'est par jalousie et en toute connaissance de l'avenir qu'Arthur laisse arriver la chute de son royaume, comme Merlin la lui avait prédite.

Parallélismes entre Tristan et Lancelot

Outre les prophéties de Merlin, certains personnages annoncent sans le savoir l'avenir, comme Tristan : en effet, un des aspects majeurs de son récit est la relation entre lui-même, Iseut, et le roi Marc, une relation qui rappelle celle entre Arthur, Guenièvre et Lancelot, décrite au cinquième chapitre.

Ainsi, Tristan et Iseut, en devenant amants, trahissent le roi Marc ; tout comme Lancelot et Guenièvre trahissent Arthur. Marc exile Tristan, tout comme Arthur exile Lancelot, provoquant le chagrin d'Iseut dans le premier cas, et de Guenièvre dans le second. Par ailleurs, la mort des amants suit un modèle unique, puisqu'ils meurent tous seuls, sans lien avec la vie qu'ils menaient à la cour : Tristan meurt après un accident de chasse, sans avoir pu revoir Iseut, qui meurt elle aussi lorsqu'elle voit qu'elle est arrivée trop tard pour le soigner ; Lancelot meurt en ermite, et Guenièvre dans un couvent.

Plus superficiellement, Tristan tue l'Homme-dragon en Irlande, tout comme Lancelot tue le dragon qui terrorisait Corbenic, Tristan obtenant alors la main d'Iseut, et Lancelot la main d'Elaine, fille de Pelles ; enfin, Tristan bat Marhault en duel et l'épargne, laissant un morceau d'épée dans sa tête, et Lancelot bat Gauvain en duel, le laissant vivre avec une blessure à la tête, chaque adversaire mourant plus tard de ses blessures.

Morpurgo choisit donc de raconter l'histoire de Tristan et Iseut pour annoncer certains moments importants de l'intrigue du *Roi Arthur*, compte tenu des similarités entre Lancelot et Tristan, Guenièvre et Iseut, et Arthur et le roi Marc. C'est une prédiction différente de celles de Merlin, puisqu'elle s'adresse au lecteur plutôt qu'à Arthur, et c'est donc le lecteur qui doit interpréter le récit de Tristan comme un avertissement.

La légende et les faits

La légende d'Arthur est inspirée par plusieurs personnages historiques, remontant pour la plupart à la période de la Bretagne Romaine, intégrés au folklore de l'île de Bretagne, avant d'être utilisés par les auteurs du Moyen-Âge. À ce titre, les romans du cycle arthurien sont très éloignés des personnages dont ils s'inspirent, se déroulant généralement au Moyen-Âge et incorporant des éléments magiques et légendaires. Michael Morpurgo respecte et utilise cet héritage littéraire (mettant en scène son roman « il y a 1400 ans » plutôt qu'au Moyen-Âge, cependant), laissant même une place importante au surnaturel dans *le roi Arthur*, mais suggère à plusieurs reprises, implicitement, que l'histoire racontée par Arthur n'est pas nécessairement authentique.

Ainsi, le chapitre huit commence par une description des bardes qui viennent fréquemment à Camelot pour raconter l'histoire des Chevaliers de la Table Ronde : leurs récits contiennent des exagérations, des embellissements, mais un barde en particulier raconte l'histoire de la mort du chevalier Gareth, qui est présent, et se moque du barde pour son récit « haut en couleur ». Cet exemple d'une vérité déformée par le bouche-à-oreille suggère qu'Arthur a pu « arranger » son récit pendant les siècles qu'il a passés seul à Lyonesse, tout comme Gauvain aurait pu le faire pour l'aventure du Chevalier Vert, et Tristan pour l'histoire qu'il raconte au chapitre 8.

Ce mélange de légendes et de faits tels qu'ils sont rapportés par Arthur et ses chevaliers forme une grande partie du roman, et Michael Morpurgo suggère ainsi, par l'abondance de « mini-récits » à l'intérieur du « grand récit » d'Arthur, une certaine *multiplicité* de la vérité, et un caractère profondément « fantaisiste » du roman arthurien, dû à ses origines et au nombre d'auteurs qui ont chacun contribué à l'élaboration du cycle arthurien.

Chapitre 7-8 : mise en abyme et rôle du narrateur

La mise en abyme (ou mise en abîme) est un procédé littéraire consistant à insérer un récit secondaire dans le récit principal, voire un autre récit dans le récit secondaire (un excellent exemple est *Le mystère de la patience*, de Jostein Gaarder ; dans le roman, le personnage principal, un jeune garçon, découvre un manuscrit dans lequel un marin raconte un de ses naufrages, lors duquel il rencontre un vieillard, lui-même ancien marin, qui raconte à son tour un de ses naufrages, durant lequel il a découvert une île peuplée par des cartes à jouer) ; plus simplement, le narrateur-personnage raconte à un autre personnage le récit que lui a raconté un autre narrateur-personnage, etc.

Le roi Arthur s'ouvre et se clôt avec un narrateur omniscient, suivant le point de vue du jeune garçon, mais devient dès le second chapitre le récit d'Arthur, qui prend la place du narrateur. Dans les chapitres sept et huit, cependant, Arthur rapporte le récit des aventures de Gauvain et Tristan : il s'effectue alors une pseudomise en abyme, l'histoire de Gauvain et Tristan s'insérant dans l'histoire principale, celle d'Arthur, elle-même techniquement insérée dans l'histoire du jeune garçon.

Cette utilisation de la mise en abyme révèle une intention, chez Michael Morpurgo, de rapprocher son roman des légendes de l'île de Bretagne : en effet, c'est une transmission orale du récit qui s'effectue, des chevaliers à Arthur, puis d'Arthur au jeune garçon, rappelant la tradition orale des légendes de Bretagne avant leur utilisation par les auteurs du Moyen-Âge.

Morpurgo utilise donc la technique de la mise en abyme, en modifiant plusieurs fois le statut du narrateur-personnage Arthur, qui rapporte parfois un récit à l'intérieur du sien, pour renouer avec la tradition orale, et ancrer *Le roi Arthur* dans le cycle arthurien.

Honneur et trahison : le cas de Lancelot

Le personnage de Lancelot, dans *le roi Arthur*, est probablement celui qui évolue le plus : en effet, de son arrivée à Camelot à sa mort en exil, Lancelot doit combattre ses sentiments pour Guenièvre, pour ne pas trahir la confiance d'Arthur. S'il échoue, cependant, c'est que sa notion de la trahison et de l'honneur semblent différer de celle de la majorité des chevaliers de la Table Ronde.

Lors de sa rencontre avec Guenièvre, Lancelot parvient à résister à son désir, en raison de son affection et son respect pour Arthur, mais la tentation devient si grande qu'il doit fuir Camelot pour ne pas y céder ; notons que pour ne pas trahir Arthur, il finit par trahir Guenièvre, lorsqu'il rencontre Elaine, fille du roi Pelles. À partir de là, son amour pour Guenièvre commence à surpasser son respect pour Arthur, et il brise son serment, une trahison connue de toute la cour. Enfin exilé sous le prétexte d'aller chercher le Graal, Lancelot revient s'établir en secret près de Camelot, Guenièvre venant le visiter en cachette. Alors que leur liaison est découverte et Guenièvre condamnée à mort, Lancelot vient la délivrer, tuant par mégarde les frères de Gauvain : sa trahison est complète, et il abandonne la notion d'honneur comme le conçoivent les autres chevaliers. Ainsi, pendant la guerre civile qui s'ensuit, Lancelot refuse de tuer Arthur, qu'il considère toujours comme son roi, et laisse la vie sauve à Gauvain qui l'a défié en combat singulier pour venger ses frères.

Ainsi, alors que Lancelot combat longtemps son amour pour Guenièvre, pour préserver leur honneur à tous les deux, il abandonne progressivement les idéaux des chevaliers de la Table Ronde, adoptant une vue plus large des notions d'honneur et de trahison, et il semble même, à la fin du roman, qu'il ne considère plus avoir trahi Arthur, dont il respecte l'autorité et la légitimité ; par ailleurs, Arthur lui pardonne à plusieurs reprises, malgré sa jalousie grandissante. Le cas de Lancelot est donc très intéressant, puisque Morpurgo explore les notions moyenâgeuses d'honneur et de trahison, qui se révèlent finalement assez flexibles, du moins en ce qui concerne Lancelot.

Dans la même collection en numérique

Les Misérables
Le messager d'Athènes
Candide
L'Etranger
Rhinocéros
Antigone
Le père Goriot
La Peste
Balzac et la petite tailleuse chinoise
Le Roi Arthur
L'Avare
Pierre et Jean
L'Homme qui a séduit le soleil
Alcools
L'Affaire Caïus
La gloire de mon père
L'Ordinatueur
Le médecin malgré lui
La rivière à l'envers - Tomek
Le Journal d'Anne Frank
Le monde perdu
Le royaume de Kensuké
Un Sac De Billes
Baby-sitter blues
Le fantôme de maître Guillemin
Trois contes
Kamo, l'agence Babel
Le Garçon en pyjama rayé
Les Contemplations

Escadrille 80

Inconnu à cette adresse

La controverse de Valladolid

Les Vilains petits canards

Une partie de campagne

Cahier d'un retour au pays natal

Dora Bruder

L'Enfant et la rivière

Moderato Cantabile

Alice au pays des merveilles

Le faucon déniché

Une vie

Chronique des Indiens Guayaki

Je voudrais que quelqu'un m'attende quelque part

La nuit de Valognes

Œdipe

Disparition Programmée

Education européenne

L'auberge rouge

L'Illiade

Le voyage de Monsieur Perrichon

Lucrèce Borgia

Paul et Virginie

Ursule Mirouët

Discours sur les fondements de l'inégalité

L'adversaire

La petite Fadette

La prochaine fois

Le blé en herbe

Le Mystère de la Chambre Jaune

Les Hauts des Hurlevent

Les perses

Mondo et autres histoires

Vingt mille lieues sous les mers

99 francs

Arria Marcella

Chante Luna

Emile, ou de l'éducation
Histoires extraordinaires
L'homme invisible
Là bibliothécaire
La cicatrice
La croix des pauvres
La fille du capitaine
Le Crime de l'Orient-Express
Le Faucon malté
Le hussard sur le toit
Le Livre dont vous êtes la victime
Les cinq écus de Bretagne
No pasarán, le jeu
Quand j'avais cinq ans je m'ai tué
Si tu veux être mon amie
Tristan et Iseult
Une bouteille dans la mer de Gaza
Cent ans de solitude
Contes à l'envers
Contes et nouvelles en vers
Dalva
Jean de Florette
L'homme qui voulait être heureux
L'île mystérieuse
La Dame aux camélias
La petite sirène
La planète des singes
La Religieuse

À propos de la collection

La série FichesdeLecture.com offre des contenus éducatifs aux étudiants et aux professeurs tels que : des résumés, des analyses littéraires, des questionnaires et des commentaires sur la littérature moderne et classique. Nos documents sont prévus comme des compléments à la lecture des oeuvres originales et aide les étudiants à comprendre la littérature.

Fondé en 2001, notre site FichesdeLectures.com s'est développé très rapidement et propose désormais plus de 2500 documents directement téléchargeables en ligne, devenant ainsi le premier site d'analyses littéraires en ligne de langue française.

FichesdeLecture est partenaire du Ministère de l'Education du Luxembourg depuis 2009.

Plus d'informations sur www.fichesdelecture.com

Made in the USA
Monee, IL
07 July 2026